Así me siento yo

Escrito e ilustrado por Janan Cain

Versión en español de
Yanitzia Canetti

Parenting Press, Inc.
Chicago

Library of Congress Cataloging-in-Publication Data

Cain, Janan.
[Way I feel. Spanish]
Así me siento yo / escrito e ilustrado por Janan Cain ;
[texto español de Yanitzia Canetti].
p. cm.
ISBN-13: 978-1-884734-83-0
1. Emotions--Juvenile literature. I. Title
BF723.E6C3418 2009 2005
152.4--dc22
2008014449

Printed in China
Illustrations rendered in pastel pencil
Feelings vocabulary created in Adobe Illustrator
Text set in Parisian

Parenting Press
814 North Franklin Street
Chicago, Illinois 60610

www.ParentingPress.com

Para John

Emily

e Isabella

chistosa

¡Qué **chistosa** me siento, si me pongo a payasear,

mientras uso un sombrerote que ocupa mucho lugar!

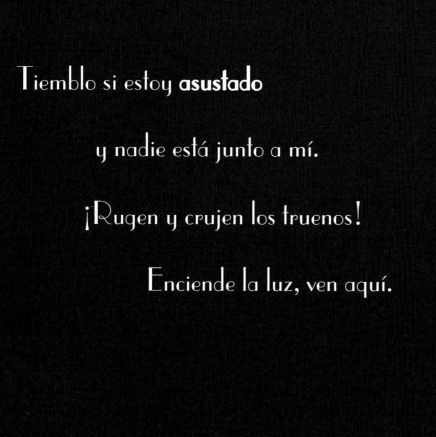

Tiemblo si estoy **asustado**

y nadie está junto a mí.

¡Rugen y crujen los truenos!

Enciende la luz, ven aquí.

Asustado

Hicimos planes

desde hace tiempo

y hoy me vendrías

a visitar.

Ahora resulta

que ya no puedes.

Estoy **resentida**;

no podemos jugar.

RESENTIDA

La sonrisa de mi cara, como el sol resplandeciente, demuestra que estoy **feliz**, ¡con un ánimo excelente!

feliz

triste

A veces

me siento **triste**.

No me lo puedo

explicar.

En vez de jugar

y divertirme,

lo que hago

es llorar

y llorar.

ENOJADO

Ahora estoy **enojado**.

¡Tengo ganas de gritar!

Quiero fruncir el ceño,

y en el suelo patalear.

Agradecido

Se rompió mi camioncito. Te pedí ayuda al momento.

¡Tú arreglaste mi juguete! ¡Qué **agradecido** me siento!

Frustrada

Estoy **frustrada**. No lo puedo lograr.

Es muy difícil, ¡qué ganas de llorar!

No sé si darme por vencida

o si debo volverlo a intentar.

Cuando alguien **tímida**

me saluda,

no le puedo

responder.

Soy **tímida,**

me da pena,

Sólo me quiero

esconder.

aburrido

No tengo ganas de nada

Por nada yo me decido,

¡Qué largo se me hace el día!

Me siento muy **aburrido.**

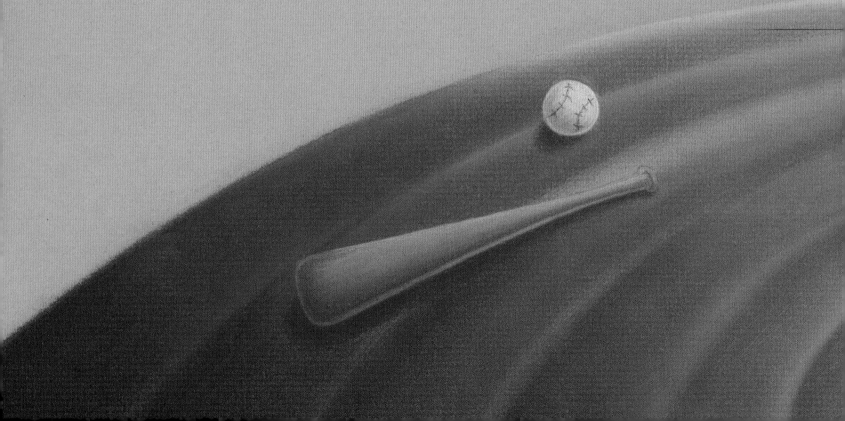

Reboto como una pelota.

Estoy muy **emocionado**.

Quiero saltar y jugar,

no quedarme sentado.

EMOCIONADO

Celosa

Contigo yo ahora quiero jugar.

No quiero por mi turno tener que esperar.

Solo contigo yo quiero estar.

Me pongo **celosa** si con mi hermana vas a pasear.

ORGULLOSA

—¡Ya sé vestirme solita!
—le grito a toda la gente—.

¡Qué **orgullosa** me siento!
¡Logré algo sorprendente!

Los sentimientos vienen y van.
Yo nunca sé cuáles serán.
Chistosa, enojada, triste o feliz,
ya todos forman parte de **mí**.

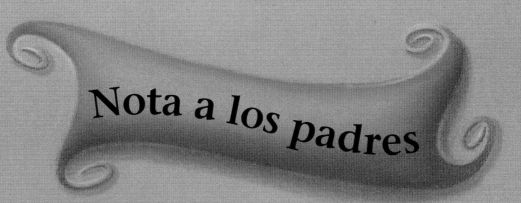

Nota a los padres

Entre los libros favoritos de mis hijos están los libros de palabras.
A mis niños les encantan porque a través de las palabras adquieren el lenguaje y el lenguaje les permite interactuar mejor con el mundo que los rodea. Las emociones son un aspecto importante de ese mundo; sin embargo, son pocos los libros que hablan de los sentimientos en comparación con los muchos que describen el mundo físico.

Animada por esta idea he creado **Así me siento yo**, un libro concebido para ofrecerles a los niños el vocabulario que necesitan para expresar sus emociones. Espero que a través de ese lenguaje, puedan entender y expresar mejor lo que sienten.

Me gustaría darle algunas sugerencias para cuando le lea este libro a sus niños:

1

Pregúntele a su hijo qué circunstancias lo hacen sentir
feliz, triste, celoso o de otra manera.

2

Platique sobre cómo lidiar con las emociones. ("Si estás enojado, no debes pegar a nadie o tirar cosas, pero puedes patalear en el piso... Si estás triste, dile a alguien cómo te sientes y pídele lo que necesites.")

3

Converse sobre las acciones y los pasos que hay que dar a fin de cambiar las circunstancias
que provocan un sentimiento que no le gusta a su hijo.

4

Practique a identificar y nombrar sentimientos, preguntándole a su niño
cómo se siente en diferentes momentos del día. Platique sobre las diferencias entre las emociones que son similares, como triste y aburrido, o celoso y enojado, o feliz y emocionado.

—**Janan Cain**